EN MIS ZAPATOS

Dominic Bennet

Contents

Chapter One

El arte de caminar

Me llamo Juan, simplemente Juan, aunque a veces me nombren de otras formas despectivas. Me gusta pasear por la plaza y caminar por la ciudad simulando tener algo que hacer. A veces, con algo de suerte, sí tengo algo que hacer. Desde pequeño desarrollé una afición por la caligrafía y de adolescente me dediqué a aprender el oficio de letrista. Mi familia estuvo más que encantada con que haya podido encontrar una profesión a corta edad. El niño será un retardado, le decían las mujeres a mi afligida madre, deberías mandarlo a un lugar más adecuado... para los que son como él, murmuraban pensando que no las escuchaba.

Desde donde estoy, sentado en un banco, me pierdo observando las acciones de los demás. De quienes se creen normales hasta que descubren o les sucede algo que los hace diferentes. Es fácil distinguir a los que ya pasaron por esa revelación de los que todavía no la tuvieron. Demasiado simple, basta con verles el rostro. Por ejemplo, ahora mismo observo a la niña que salta las baldosas flojas para evitar que el agua salpique su vestido. Las evita con tanta concentración que parece que se tratara de un ritual para invocar los favores de los dioses. La veo tararear una canción infantil mientras marca los saltos con una agudización de su voz. Yo sé que se trata de algo más que el vestido rosa, se trata de los zapatitos blancos que va estrenando por la calle 25 de Mayo, como un hada en un día de fiesta. Es normal, está claro.

Por otro lado, veo a un hombre ceñudo caminar cabizbajo. Él no lo es, ya está marcado con el estigma de los distintos. Tampoco hace faltar mentir, voy a ser sincero con ustedes, todo esto que les digo es porque ya los conozco.

Pero hay algo que es todavía más importante: el calzado que llevan. Eso que nos lleva por la vida y que cuida nuestros pies. Eso que los disfraza y los hace parecer más uniformes de lo que en realidad son. Eso que nos homogeneiza en diferentes clases. Eso que nos hace sentir seguros en nuestros pasos y sin lo cual no nos animaríamos a salir de nuestras casas. Sin embargo, cuando llega la noche el encanto se desvanece, como si se tratara de un cuento de hadas, y el pie vuelve a ser carne, callos, uñas, mugre, vellos, juanetes y hongos; mientras que el zapato es lustrado para reposar orgulloso por las distancias recorridas como un viajero del mundo.

El calzado es el jinete que pasea orgulloso de ser llevado de lado a lado como el rey de un desfile. Los pies, al contrario, son el animal de carga que soporta nuestros cuerpos día a día y disfraza su desgaste con los cueros más brillantes.

Ustedes se preguntarán el porqué de mi obsesión con los calzados. Verán, todo comenzó hace un par de semanas cuando me llegó una carta de mi tía.

Pude haberla tirado a la basura, pero no me animé a hacerlo. Ella fue la única de la familia que, de una u otra forma, siempre quiso ver lo mejor de mí. Mientras los demás le dieron la espalda al fracasado de Juan, ella insistía en invitarme de vez en cuando a su enorme casa de gente de bien.

Ya habían pasado dos años desde mi última visita. Me afeité, saqué mi mejor traje de la bolsa en la que lo guardaba colgado y con un poco de gomina peiné mi cabello hacia atrás. Observé con atención la figura que me devolvía el espejo. Me sentí un señor hecho y derecho, pero poco duraría el engaño. Volví una, dos y tres veces a escrutar el reflejo, cada vez con menor encanto. Mis ojos se acostumbraron a mí Yo arreglado, y el príncipe que había creído ver se convirtió en el sapo que era luego de los minutos que les tomó a mis ojos acostumbrarse a mi versión mejorada.

Salí resuelto y observé en mis vecinos la misma reacción que yo acababa de tener. Apuré el paso para mantener el engaño y, casi corriendo, llegué a mi tía transpirando como si hubiera recorrido una maratón. Esperé unos minutos afuera, recuperando el falso porte, y me aventuré a golpear la puerta.

El resto es historia. A nadie le interesará saber lo mucho que ambos fingimos. Yo, pena por la muerte de su marido, mi tío, y ella, pena por toda mi existencia resumida en: la muerte temprana de mis padres, la falta de trabajo y la precariedad de la pensión donde alquilaba una modesta habitación que parecía más grande gracias a mi reducido tamaño. Soy petiso pero no enano. Soy perfectamente consciente de mi situación pero no hago alardes de ello. Me considero normal por dentro, y eso es algo que me permite dormir.

El difunto tío era dueño de una importante zapatería en San Miguel de Tucumán. Ahora que se había ido al más allá no tenían hijo que mantuviera el negocio por lo que su señora optó por venderlo. Admito que guardé una pequeña esperanza de que la carta fuera para pedirme ayuda con la atención del comercio; pensé que me daría trabajo y que juntos continuaríamos con el legado familiar. Pero volví a mi habitación con una caja de zapatos de segunda mano entre mis brazos. Solo una caja, un poco desgastada, con un par de charol de mi número.

—Espero que los cuides mucho y que siempre te recuerden lo mucho que tu familia te dio.

Me limité a sonreír y comer todo lo que me ofreció. Cuando se daba vuelta, aprovechaba para guardar comida para la noche. Llené mi bolsa de manjares y regresé pensando en que no era, después de todo, un mal regalo; aunque es cierto que no se trataba de lo que esperaba. Esa misma noche los lustré, con mucha paciencia y cuidado, y los dejé sobre la única mesa que tenía. La magia se hizo de día, cuando lavé mis regordetes pies y los calcé de manera perfecta. El sol que entraba por la ventana los hacía brillar como si fueran nuevos.

Una vez que estuve afuera, me dispuse a hacer mi recorrido habitual buscando carteles que pintar. Al principio me costó caminar, como si estuviera montando un caballo salvaje dispuesto a no ser domado.

Luego, gradualmente, fue cediendo y se rindió ante mí junto a la mirada de los curiosos.

—¡Miralo al enano pitucón!—me gritó un antiguo cliente agitando los brazos en el aire. Lo saludé con aires de señor, como si hubiera ascendido en la escala social y seguí con mi camino.

¿Quién hubiera dicho que la clase era de color negro y debía ser lustrada para resaltar? De la noche a la mañana dejé de ser invisible. Ahora, la gente que antes me esquivaba la mirada, se animaba a fijarla en mis pies. Incluso, algunos curiosos, iban de mis zapatos a mis ojos con una sonrisa aprobatoria. Sentí que todo lo que me hacía sentir inferior podía ser subsanado con mejores prendas y, con esa idea en mente, conseguí más trabajos que en todo un mes promedio.

Chapter Two

Tierra, humedad y pintura

Pinté para bares, boutiques de ropa que se decía traída de Francia, peluquerías y otros tantos. Al caer el sol, sentí que en lugar de pisar el suelo, mis pies flotaban por sobre la plaza Independencia. Estaba embargado de una sensación de seguridad y autocomplacencia como nunca antes. Ah, si tan solo mis padres pudieran verme a mí, el hijo tarado, el que los enfrentó a la negación de la calidad de su estirpe, caminar como un hombre realizado, con los bolsillos y las medias llenas de billetes.

Antes de dormir, repetí lo que sería mi ritual durante varias semanas: lustrar mis zapatos hasta hacerlos brillar como diamantes, cosa que nunca vi.

No me permitían ponerme en puntas de pie como una bailarina, o correr grandes distancias como un atleta. Tampoco estaban diseñados para resistir las inclemencias del terreno, o para rodar como una bicleta. Eran zapatos de señor, para lucir y degustar cada pisada.

Cada calzado tiene su misión y su personalidad. Esto lo saben los que prestan atención y gustan de llevar y no ser llevados por la vida. Si no me creen pregúntenle a un maratonista si el día de la carrera usa el primer par que encuentre a mano. Pregunten a la prima ballerina qué tan importantes son sus zapatillas de punta para una presentación. Pregunten a quien patina, a quien trata de pasar desapercibido al llegar tarde a su hogar, al que zapatea y así, uno por uno, verán que cada persona tiene su preferencia, y que cada calzado tiene su personalidad.

La vida me llevó a este razonamiento ahora que soy un hombre de bien a los ojos de mis compatriotas. Dénle al petiso un poco de charol importado, y será un petiso con clase. No me malinterpreten, lo que explico va más allá de lo físico, es casi espiritual. Nunca antes lo había sentido, pero puedo jurar que aquellos dos que me regaló mi tía tenían algo metafísico.

Lo que me hacía más atractivo a los ojos de los demás no era el simple brillo de algún buen producto sobre algún buen zapato, era la compañía. Como si a mi lado iría el aura de su portador, enigma que me quitó el sueño durante muchas noches.

Al principio me sentí afortunado, se me había pegado la energía de quién sabe qué hombre ilustre. Pero en un punto debía sincerarme y admitir que ningún héroe nacional pudo haber calzado mi número .¿Le habrá pertenecido a algún destacado de otro país? Siempre me dio curiosidad la vida más allá de nuestras fronteras.

De esta forma me debatía en absurdos pensamientos mientras el dinero que guardaba dentro de mi almohada desgastada crecía con cada nuevo encargo. Pronto pude comprarme un sombrero para los días de sol y varios pares de medias para proteger a mi acompañante negro.

Un cierto día amanecí agitado. Una pesadilla me devolvió a la húmeda realidad de las sábanas empapadas de sudor. El verano se encontraba en sus mejores días, golpeando con fuerza a los desprevenidos. Fui al baño a lavarme el rostro para refrescarme y volví con pereza. La poca somnolencia que me quedaba se esfumó en un parpadeo. Mis queridos zapatos lucían sucios y no había luz que les diera brillo. ¿Cómo podía haberme olvidado de ellos que tanto me dieron últimamente? Les pedí perdón, sí señores, lo hice y los acaricié con mi mejor gamuza mientras cantaba los fragmentos que sabía de algunos tangos.

Ese día fui a trabajar con un sentimiento distinto. Era como si una parte de mí no deseara hacerlo y en su lugar preferiría divertirse de otra forma. Por más que lo intenté, no pude recordar mi pesadilla y, a falta de una mejor opción, decidí culparla de mi falta de concentración.

No sé si fue el sudor que escapó a la barrera de mis cejas y se infiltró en mis ojos, o lo antedicho, lo que me llevó a cometer mi primer error en mucho tiempo. Una letra mal colocada podía borrar toda la buena reputación ganada en una vida. Tuve que volver a pintar, haciendo un esfuerzo descomunal por mantenerme centrado en mi trabajo. Fue la primera vez de mi vida en la que no me sentí tan Juan.

A medida que regresaba a mi hogar, tarareando Por una Cabeza para recomponer el humor, me di cuenta de que mis pies ya no coordinaban como antes. Un par de veces tropecé con pequeñas irregularidades del terreno o estuve a punto de equivocar la dirección. Si tuviera un trabajo seguro, hubiera pensado que era hora de tomar unas merecidas vacaciones, pero en mi caso, solo debía restaurar mi equilibrio culpando al gobierno y su mala administración de los espacios públicos.

Pocas cuadras antes de llegar a mi pensión, vi cómo los obreros trabajaban para construir un gran edificio donde por mucho tiempo hubo un terreno baldío. La tierra volaba hacia todos lados gracias al viento que se había desatado para anunciar una gran tormenta.

Apuré mis pasos y me relajé. La humedad de las paredes hacía estragos con mi alergia, pero no estaba dispuesto a regresar al campo, donde vivía mi hermana mayor en la casa de mis difuntos padres. Ella estaba casada y tenía varios hijos, ninguno de los cuales me conocía porque desde que nos quedamos solos, se autoproclamó hija única y me dio una parte de mi herencia, una limosna de todo lo que me correspondía. Aun así, no me quejé. Estaba ávido de nuevas experiencias y la ciudad nos abría las puertas a los soñadores dispuestos a trabajar. Mi lugar era aquí, pero no dentro de las cuatro paredes que me aprisionaban y asfixiaban cada noche.

Al día siguiente volví a encontrar a mis zapatos descuidados. Pasé los dedos por el charol y una delgada capa de polvo se adhirió a ellos. La tormenta debió haber llevado tierra hacia mi ventana, esa era la explicación. Los limpié y salí resuelto a concretar todos los encargos de ese día y conseguir más para los siguientes.

Uno de ellos, era para una cafetería moderna pronto a inaugurarse en pleno centro. Mientras me deleitaba con la música de Gardel que sonaba en el tocadiscos, escuché la conversación de un par de hombres horrorizados por un asesinato reciente. Traté de entender de qué se trataba, pero el tango fue más convincente y elegí estar del lado bello de la vida. Ahora que era un petiso con trabajo, dinero y muy buenas prendas, tenía todo el derecho de sentirme parte del sector privilegiado de la vida. Quién sabe, pensé, tal vez algún día mi historia podría inspirar a otros en mi misma condición. Si todo salía bien podría llegar a adquirir una imprenta y darles trabajo los de mi especie...

—¡Cuidado Juan!—gritó mi empleador.

Reaccioné tarde. Había estado tan absorto en mi propia cabeza que no presté atención a los escalones y di un paso en falso que terminó conmigo en el piso y la pintura roja derramada sobre la vereda con el piso de mosaicos recién colocado.

El impacto fue tan ruidoso que un montón de curiosos se acercaron a verme, algunos con una expresa intención de burla y otros con auténtica preocupación. Mi primer impulso fue verificar el estado de mis zapatos. Por suerte no fueron salpicados pero igual me dispuse a limpiarlos al acto con la manga de mi camisa. La gente me decía cosas pero no lograba comprenderlas, estaba asustado y nadie entendía si todo lo rojo era solo pintura, pero lo era. Luego, la preocupación mutó por un enfado atroz por parte del dueño que me obligó a limpiar todo y hacer el trabajo gratis. No tuve opción.

Esa noche arrastré los pies hasta mi casa. Juan nunca cometería semejante estupidez. Juan ya no era yo, y los zapatos se resistían a mis pies de nuevo, como si el sirviente rechazara a su amo por ser indigno.

Al día siguiente, aprovechando que no tenía ningún trabajo por hacer, decidí visitar a mi tía. Le llevé un par de masitas de la panadería en compensación por todo lo que comí durante el pasado encuentro.

—Tía —me animé a confesarle mis inquietudes—. ¿Usted sabe a quién le pertenecían estos zapatos?

—No —contestó rápidamente—. Tu tío manejaba esos asuntos, yo solo los acomodaba para la exhibición.

—Es que necesito saberlo. Solo usted puede ayudarme.

Negó con la cabeza y tomó el sorbo final de su mate produciendo un ruido concluyente a modo de punto final. Volví desesperanzado, mi última oportunidad de saber que todo lo que sentía no estaba solo en mi cabeza se había esfumado. Dormí agotado, como quien se resigna ante el hecho de que la vida es un laberinto sin salida en el que se entra sin quererlo.

Los primeros rayos del sol fueron a dar en mi rostro una vez avanzada la mañana. Me desperté para comprobar que mis zapatos seguían sucios. Miré a la almohada con duda, había llegado el momento de usarla.

Chapter Three

Claroscuros

Uno de los momentos más felices de mi vida fue cuando me dieron las llaves de mi nueva casa en Tafí Viejo. Era pequeña y tenía un patio de mosaicos rojos recortado por un cantero de ladrillos vistos del que salía un viejo limonero. Pensé en todas las limonadas gratis que tendría viviendo ahí, en el espacio para todas las cosas que pensaba comprarme y en el placard donde guardaría mis zapatos que nunca volverían a llenarse de tierra mientras yo durmiera.

Estaba exaltado, me sentía feliz pero una parte de mí se entristecía al no tener con quién compartirlo. Tenía amigos, pero ningún familiar era parte de mi vida.

Me compré un tocadiscos, en el que se fueron los últimos de mis ahorros, y me dediqué a escuchar al morocho del Abasto mientras le sacaba lustre a mis compañeros negros y me ponía a tono para ir a la milonga a festejar mis nuevas adquisiciones.

Debo confesar que me sentí embargado de la atmósfera tanguera apenas puse mis pies sobre los mosaicos negros y blancos que daban al lugar una apariencia de tablero de ajedrez. En ese lugar, el peón se convirtió en Rey y fue en busca de su Reina, la más linda de lugar.

Le tendí la mano con un pañuelo de seda blanca a una rubia esbelta y ella, tras unos segundos de indecisión, la tomó sonriendo a sus amigas. Seguramente nos veíamos graciosos, ella era alta y los tacones la hacían verse muy superior a mí. Llevaba un vestido negro hasta por debajo de las rodillas con un pequeño tajo en un costado. El cabello le caía hasta la cintura como una cortina dorada que al abrirse revelaba el mismo cielo, un escote oculto en la espalda que solo mi mano podía tocar. La piel suave y bronceada emanaba un dulce olor a azahares.

No me dejé intimidar y la hice recorrer toda la pista en mi brazos. Sin temor, le marqué ganchos que ella gustosa obedeció entre mis piernas. Era muy buena bailarina y siempre que tenía la oportunidad adornaba el espacio que nos separaba con giros y firuletes. La voz de Rey del tango se hizo eco en el luminoso salón y los dos expresamos con el cuerpo lo que las palabras narraban.

Sentí su mejilla apoyada sobre mi frente y al levantar la vista pude ver un dejo de una sonrisa pícara. En un momento, frotó uno de sus zapatos en mi pantalón haciendo que me derritiera a su contacto. Luego continuó con ochos y me deleitó con el movimiento de su cintura. Cuando terminó el tango supe que no podría bailar con otra mujer de esa forma, y le invité una cerveza, tratando de sonar casual aunque me moría por permanecer a su lado.

Durante la bebida, que terminó siendo cena y postre, me contó que se llamaba Milena y vivía con sus padres, quienes esperaban casarla con un médico o alguien que tuviera una profesión de prestigio. Su papá era banquero y tenía una hermosa casa en la Villa de Yerba Buena. Además, me confesó que hablaba inglés y francés, y que tocaba el piano en las fiestas de la alta sociedad. Su sueño era enseñar música a los niños. Llámenme iluso, pero de repente me vi comprándole un piano de cola en un futuro cercano y haciendo de mi pequeño lugar una escuelita.

Cualquiera hubiera echado atrás sus planes de conquistar a una mujer con semejante clase, pero había algo en su sonrisa, y en el brillo de sus ojos, que me decía que quería todo lo contrario. Le comenté de mi nueva casa y me prometió visitarme. La despedí con un beso en la mano y regresé a mi hogar totalmente enamorado, cantándole a la luna y a las estrellas como si encarnaran el resplandor de los ojos de Milena.

*****

No podía creerlo, por más que verificara todo, no lograba encontrar la fuente de la mancha de mis zapatos. Era roja como la pintura que se cayó conmigo, pero tenía otra densidad. Traté de limpiarla pero se había impregnado de alguna forma, así que terminé usando mucho betún para taparla. Quedaron como nuevos para acompañarme a realizar los dos encargos de ese día.

Al pasar por la construcción, vi a varios policías establecer un cordón de seguridad.

-¿Qué pasó? —le pregunté a uno de los obreros más cercanos.

—Encontraron a un chiquito muerto.

—¡Qué terrible! —exclamé apenado—. Pobre familia.

—Pobres las nuestras, nadie nos paga por no trabajar.

Le dediqué mi mirada más severa, sin embargo no tuvo el efecto adecuado así que me alejé de a poco, volviendo a mi ruta matutina. Nada debía perturbar mi ánimo después de una noche maravillosa.

En donde realizaba mi trabajo, todos hablaban del pequeño. Había estado desaparecido desde hacía un par de días y nadie entendía cómo alguien podía ser tan cruel. Los hombres se mataban todos los días, pero los niños eran cosa aparte. Al parecer, la pubertad se encargaba de separar a los inocentes de los culpables en el imaginario colectivo.

Realicé mis trazos con cuidado y cuando terminé, regresé a mi hogar. Esperaba ansioso el próximo fin de semana para ir a la milonga a buscar a mi adorada.

*****

Los rayos del sol me trajeron una noticia espantosa. Mis zapatos estaban llenos de tierra y tenían algunas manchas rojas. La verdad se presentó a mis ojos como una pesadilla imposible de dilucidar. ¿Cómo había llegado a esa situación?

Esta vez me costó mucho más volver a mi calzado a su estado original. La tierra no se correspondía con la de mi patio, era un poco más oscura. Parecía que alguien los usara de noche. La sola idea de eso se me hizo imposible y ridícula. Mi imaginación estaba jugando sucio con mi salud mental.

Una vez en la calle, un sudor frío recorrió mi nuca cuando me enteré de que habían hallado otro cuerpo en un terreno abandonado en el Cadillal. Se trataba de un infante de cuatro años. Una tragedia más para la provincia fue suficiente para desencadenar el terror en los ciudadanos.

Los niños dejaron de jugar en las calles y de andar solos por las calles. Se habló de la posibilidad de un único asesino que mataba por estrangulación. El resto de la información no era revelada, o simplemente se desconocía. La Gaceta prometía mantener a todos informados, pero lo que más abundaba era el rumor y la especulación. Incluso se hablaba de venganza política, algo difícil de comprobar o sustentar.

Yo traté de seguir con mi vida normal, ganando el pan de cada día con mis carteles y esperando por Milena. A pesar de eso, sentía que una sombra de tentáculos oscuros amenazaba con rozar mi vida y destruir lo que tocara.

¿Era sonámbulo? ¿Cómo saberlo si vivía solo? Ni siquiera estaba seguro de querer saber las respuestas. El temor por la anagnórisis, instaurado desde los griegos, se me hacía palpable con cada nuevo interrogante.

Decidí continuar con la bella vida que estaba construyendo, después de todo nada podía ser tan grave como la diferencia de estatura y clase con mi pareja de tango.

Chapter Four

El destino en un juego

Milena me esperó en la milonga con un vestido rojo. Lo supe apenas la vi porque ella fingió no hacerlo. Su rostro me sonrió de perfil aunque sus ojos miraron a algún punto perdido entre los mosaicos de ajedrez. Esperaba su turno de jugar conmigo mientras planeaba su estrategia.

Me acerqué de a poco con el mentón bien en alto, contando los pasos, con las manos en los bolsillos de mi pantalón y arrastrando las puntas de los pies en un caminar bien tanguero. Antes de llegar a su lado, vi cómo se giraba hacia la barra para darme la espalda. Corté la distancia y me acerqué a su oído.

—Yo no la busco a usted porque sea niña bien, ni la más hermosa pebeta de esta sala. Yo no la busco porque me dé la espalda y me sepa a imposible. La busco porque el tango se baila con las almas enlazadas, y mi alma la busca aunque mi cuerpo tiemble y le tema al desamparo de su rechazo… —Esperé pegado a su oreja, mientras recuperaba el aire y le daba tiempo a pensar en mí—. No seré el más pituco y tal vez esté demasiado entrado en abriles para ust...

No pude terminar porque se giró para verme de frente y extendió la mano para que la tomara. Ese gesto de entrega me devolvió la vida que se me iba en cada palabra.

Ustedes podrán reírse, pero verán que ser petiso no es condición para ser inculto o corto de vocabulario. Siempre me gustó leer, acariciar las páginas de los libros y regocijarme con las distintas caligrafías usadas. Tanta letra debía servir para endulzar los sonidos dirigidos a mi amada.

Ella no pudo resistir a mi movimiento de jaque. Con una sonrisa amplia que dejaba ver las perlas de sus dientes me abrazó para bailar y no me soltó en toda la noche.

Estaba enamorado. Era feliz y lo demás no me importaba.

*****

A la mañana, bien temprano, unos golpes fuertes en la puerta principal me arrebataron del dulce sueño.

—Ya va —grité sin poder abrir los ojos.

—¡Abra ahora! —indicó una voz grave y segura.

Sin darme oportunidad de ir al baño, me froté el rostro y giré la llave. Un panorama surreal me esperaba del otro. Habían un montón de policías portando sus armas, listos para disparar.

—¿Pero qué es lo que pasa, Oficial? —pregunté buscando algún rostro conocido.

—¡Qué desfachatez! —exclamó uno de ellos, al parecer el que estaba a cargo, y me empujó contra la pared para revisarme—. Ustedes busquen adentro.

—¿Qué pasa, Oficial? —Volví a preguntar.

—Comisario Inspector, para Usted...

—...Juan Moretti—le indicó uno de sus subalternos con mi libreta cívica en la mano.

Luego de la manoseada del gordo me di vuelta, con las manos arriba, y quedé en silencio observando cómo revolvían mi hogar con violencia. Se me nubló la mirada por las lágrimas que se apilaban en mis párpados, listas para tirarse al precipicio de mi afilado rostro. Hice fuerza para no llorar, no era culpable de lo que fuera que me acusaban.

—¿Esto es suyo? —un joven trajo mis zapatos con sumo cuidado.

Asentí antes de ver la cantidad de rojo que lo decoraba.

—Sangre aquí, sangre en la vereda, huellas del mismo tamaño en la escena del crimen. Yo que usted me quedo callado —Luego miró a los que me rodeaban—. Llévenlo.

*****

Abrir y cerrar los ojos, inhalar y exhalar el aire denso. Una dupla de acciones que repetí indefinidamente a lo largo del día dentro una celda pequeña. La humedad de las paredes me recordaba a mi antigua pensión, pero cuánta paz tenía aquella y cuánta incertidumbre auguraba esta.

Era sonámbulo, no había otra explicación. Era todo lo que dije en mi defensa, entre llanto y mocos. ¿Quién iba a cuidar de mí?, ¿quién más iba a defenderme?, ¿mis clientes?, no, claro que no. Pedí que llamaran a mis amigos, incluso nombré a Milena. Oh, Milena, mi ángel dorado, ¿qué pensaría de mí al enterarse de mi cruel infortunio?

Cuando el pueblo pide un responsable, la policía entrega a quien se cruce en su camino con tal de calmar a la opinión pública. Mis zapatos me cambiaron la vida en un par de meses. Ahora que lo pienso, fue un viaje acelerado, tanto de subida como de bajada.

Ese día no vi el sol. Los pocos rayos que me llegaron antes de entrar a la cárcel no me resultaron cálidos. El frío del moho y el metal de la cama me torturaban el corazón. Había llegado el momento de la revelación, de descubrir la verdad que haría de mi vida una tragedia sin dioses de por medio. Estaba solo y nadie contaría mi historia sin moraleja.

¿Pequé al querer más de lo que la vida podía darme? Pobre de mí que soy un pobre diablo. Miré a mis pies descalzos, se habían quedado con mis zapatos. Nada me quedaba.

Al día siguiente me arrastraron hacia una oficina donde me esperaba un hombre serio con varios ayudantes y guardias.

Me desnudaron y sacaron fotos desde varios lados. Si mis padres me vigilaban desde el cielo, como siempre pensé, rogué porque ese día no lo hicieran. Miré hacia arriba avergonzado por una pena que no era mía. Juan ya no sería un nombre digno de pronunciar. Ya no me mirarían más que con desprecio. Extrañé mi pasado de ser invisible.

Luego sacaron unas reglas raras y cintas con las que midieron mi cabeza, frente, orejas y resto del cuerpo. Pregunté para qué, pero no me respondieron. De todas formas, estaba seguro que nada de eso podía ser positivo para comprobar mi inocencia.

Estuve en la incertidumbre y el abandono durante casi dos semanas en las que me interrogaron, gritaron, golpearon y examinaron de otras formas pocos convencionales.

Una noche, en la que por fin había conciliado el sueño, un dolor en mi cuello comenzó a ahogarme. Tosí y abrí los ojos pero la oscuridad no me dejaba definir a mi agresor. Luché con todas mis fuerzas por soltarme y grité con la voz ahogada. ¡Me estaba ahorcando! Un piolín grueso se ceñía alrededor de mi garganta y mientras más me resistía más se ajustaba como una serpiente constrictora.

Con mis últimas fuerzas lancé un último grito y las luces se encendieron. Un guardia, que evidentemente había estado durmiendo, llegó corriendo a mi celda con pasos torpes y, al analizar la escena, me miró con desconcierto.

Yo, a su vez, le devolví el gesto después de observar mi alrededor. Estaba solo y no podía pronunciar ninguna palabra del susto. A mis pies, sobre el colchón, yacían mis zapatos, y en mi cuello, no había rastro de ningún hilo.

—¿Qué haces con eso ahí?

Levanté los hombros e intenté contestar, pero lo único que salió de mi boca fue un vómito tan descompuesto como mi cordura.

Me revisó un médico, quien me preguntó por la marca que tenía. Era la única prueba de que no lo había soñado, alguien, de hecho, había querido asesinarme. ¿Un demonio? ¿quién más podía desaparecer de la nada y sin dejar rastros? Luego, se retiró con prisa hacia la habitación contigua, donde esperaban otras personas.

Minutos después, los escuché discutir. Dijeron que el cargo de consciencia me estaba llevando al suicidio y que iba a quitarme la vida de la misma forma en que lo hice con algunas de mis víctimas. Así comprendí cómo habían muerto los niños encontrados en los terrenos baldíos.

Antes de retirarse, escuché que nombraron a un tal Godino, me compararon con él y sus víctimas. Me pegué a la puerta para escuchar mejor pero dejaron de hablar. Unos pasos con botas se acercaron con firmeza y me alejé antes del portazo que precedió su ingreso en la sala donde esperaba.

—Lo único que nos falta es que otros sigan tu ejemplo de imitador. En estos tiempos solo hay lugar para un petiso orejudo. Nada de esto puede salir a la luz. Enano demente... —me dijo con bronca. Pude ver cómo una mueca de sonrisa se esforzaba por contenerlo dentro de lo civilizado.

Retrocedí unos pasos y volví a implorar por mí. Era inocente, estaba seguro de eso.

El resto del día estuve pensando, tratando de encontrar la respuesta y al mismo tiempo evitarla. No pude dormir, temía que no pudiera abrir los ojos para ver un nuevo día. Cada vez que el sueño me vencía, una sensación de vértigo se encargaba de devolverme a la realidad, como una caída sin movimiento. Entonces los vi, juro que los vi.

Mis zapatos caminaron lentamente hacia mí. Comencé a temblar ante la imagen móvil de unos objetos poseídos por quién sabe qué espíritu. La sangre opacaba el brillo que alguna vez tuvo al pisar otros suelos.

Se acercaron hasta las rejas de mi celda y una sombra se materializó en alguien de mi estatura, con orejas prominentes y mirada nostálgica. Parecía un niño, pero habría de ser un niño del infierno.

Me miró con una sonrisa maquiavélica. Yo estaba paralizado. Se sacó un piolín que sujetaba su pantalón y me lo extendió como si fuera un regalo.

Negué con la cabeza. Mi cuerpo se contorsionaba de los nervios, estaba presa del pánico. De repente, cambió la mueca por una de decepción y se fue.

En ese momento volví a la vida. Respiré hondo, hiperventilando, y grité ayuda. Más tarde un médico volvió a atenderme, esta vez con menos paciencia.

Al volver a la cama, ya de día, me animé a reconocer la verdad. A reconocer que sí, alguien quiso asesinarme y alguien asesinó a esos niños. Pero ese alguien no era yo, era alguien con compartí mis zapatos. Alguien ya había marcado su destino y quiso cruzarlo con el mío. Alguien que se fue y me dejó entre rejas. Alguien que está suelto.

Me agarré del rostro y comencé a llorar desconsolado. Perdí la noción del tiempo y me entregué al sueño, esperando encontrarme descalzo del otro lado, o con un calzado más benéfico.

Al final se hizo la luz. Supe que había salido cuando me llegaron los rayos cegadores del sol. Sentí una punzada en la frente por tanto resplandor después de tanta tiniebla.

Un hombre indicó a los guardias que me soltaran y se me acercó para explicarme que podía ir a trabajar al Ingenio La Florida. Habían hablado con el dueño y me permitiría quedarme allí. Podía recomenzar mi vida, pero tenía prohibido volver a pisar la capital. Si ponía un solo pie, era hombre muerto.

Me limité a asentir repetidas veces y subí a un auto que me llevaría a mi último destino.

Para ser sincero, esperé lo peor. Supe, por sus miradas, que se habían cansado de mí, y eso solo anunciaba una tragedia. Imaginé que al poner un pie fuera del vehículo, una bala se perdería intencionalmente en mi cuerpo masacrado por la incomprensión.

Recé a Dios y a mis difuntos padres durante todo el trayecto. Al llegar, caminé volteándome de tanto en tanto, esperando verlos apuntar hacia mí. Sin embargo, no lo hicieron. Un hombre con vestimenta costosa salió a recibirme. Era mi nuevo patrón. Él sería mi amo y yo su peón.

CHAPTER FIVE

Cambio de tablero

Desde ese día, en el que llegué al Ingenio, mi vida tomó un nuevo giro, sin subidas ni bajadas. Solo una constante línea recta que se perpetuó hasta mi muerte, como trabajador de una de las más importantes industrias azucareras de Tucumán.

Ahora soy peón de otro tablero, sin Reina ni zapatos para bailar el tango. Uso alpargatas y le canto a la luna tucumana, la única testigo de mi eterno caminar.

Si se preguntan por Milena, no volví a verla en persona. Aunque en las noches estrelladas me acuesto en la tierra, rodeado del cañaveral, a observar el cielo estrellado y soñar que el brillo de las estrellas es el brillo de la mirada de ella cuando aceptó bailar conmigo por segunda vez. Sin saberlo, ese día fue el único en el que gané al juego de la vida y aunque los ingenios también tienen sus diablos, nunca volví a ver a uno en zapatos de charol.

CPSIA information can be obtained
at www.ICGtesting.com
Printed in the USA
LVHW081344221222
735718LV00014B/609

9 781837 615049